Analyse de l'œuvre

Par Evelyne Marotte
et Sandra Gardent

Terre des hommes

d'Antoine de Saint-Exupéry

lePetitLittéraire.fr

Rendez-vous sur lepetitlitteraire.fr et découvrez :

Plus de 1200 analyses
Claires et synthétiques
Téléchargeables en 30 secondes
À imprimer chez soi

ANTOINE DE SAINT-EXUPÉRY

ÉCRIVAIN ET AVIATEUR FRANÇAIS

- **Né en 1900 à Lyon**
- **Décédé en 1944 au large de la Corse**
- **Quelques-unes de ses œuvres :**
  - *Courrier sud (1929), roman*
  - *Vol de nuit* (1931), roman
  - *Le Petit Prince* (1943), conte

Aviateur et écrivain français, Antoine de Saint-Exupéry est né en 1900 à Lyon et est mort en 1944 au large de la Corse, lors d'un vol de reconnaissance pour les forces alliées. Pionnier de l'aviation postale, explorateur infatigable, il publie entre les années vingt et trente ses premières œuvres littéraires, en grande partie autobiographiques (*Courrier sud*, *Vol de nuit*). *Le Petit Prince* et *Terre des hommes*, Grand Prix du roman de l'Académie française, restent deux de ses plus grands succès littéraires.

TERRE DES HOMMES

L'AUTOBIOGRAPHIE D'UN AVIATEUR ÉCRIVAIN

- **Genre :** roman
- **Éditions de référence :**
  - *Terre des hommes*, Paris, Gallimard, coll. « Folio », 1972, 181 p.
  - *Terre des hommes*, Paris, Gallimard, coll. « Folio », 2001.
- **1ʳᵉ édition :** 1939
- **Thématiques :** aviation, peur, désert, amitié, souvenir, apprentissage, héroïsme, humanisme, accident, voyage.

Terre des hommes, publié en 1939, est le troisième roman écrit par Antoine de Saint-Exupéry. Il est largement autobiographique et constitue avant tout un hommage au personnel de l'Aéropostale, en particulier à ses amis Jean Mermoz (1901-1936) et Henri Guillaumet (1902-1940).

Le texte se compose d'une suite d'histoires basées sur les voyages que l'auteur, lui-même aviateur, a effectués aux quatre coins du monde. Mais ce dernier ne se contente pas simplement de raconter ses péripéties dans un style très particulier : chaque évènement est prétexte à des récits poignants, mais sobres, des aventures des pionniers de l'Aéropostale, ainsi qu'à des réflexions philosophiques portant sur le progrès, le fanatisme ou encore l'humanité et ses paradoxes.

RÉSUMÉ

L'épigraphe rend hommage à Henri Guillaumet, le camarade pilote de Saint-Exupéry et son patron à l'Aéropostale. La préface présente ensuite les intentions de l'auteur : évoquer les souvenirs marquants de son expérience de pilote en démontrant que l'avion change profondément le rapport de l'homme à son environnement.

Le premier chapitre évoque les souvenirs de la formation de pilote de l'Aéropostale et le premier vol de l'auteur en 1926 sur la ligne Toulouse-Dakar. Ces premières pages où le récit autobiographique s'entremêle avec des passages discursifs donnent le tempo narratif de l'œuvre entière.

Saint-Exupéry était un aviateur reconnu. Il part de son expérience pour raconter des anecdotes et méditer sur le rôle de la machine – « un outil, pas un but » (p. 49) –, qui change définitivement l'existence de l'homme. Il développe dans son récit la métaphore filée du soldat et du colon, rappelant à ses contemporains que, s'ils se sont jusqu'ici comportés en soldats conquérants, ils doivent désormais apprendre à agir en colons et à vivre correctement sur les terres qu'ils ont conquises grâce aux progrès techniques.

Il explique comment l'avion donne une autre vision du monde, préférant désormais la ligne droite aux routes sinueuses de ceux qui voyagent sur terre. Voler offre aussi une vision inédite des paysages qui rend évidentes les différentes périodes géologiques de la planète et, plus étonnant encore, « le miracle de l'homme ». Ce passage se clôt sur un poème lyrique dédié à la ville chilienne de Punta Arenas où l'auteur, « adossé contre une fontaine », évoque le temps qui passe, la vanité des êtres humains et la beauté éphémère des jeunes filles.

Le jeune pilote évoque ensuite l'admiration qu'il a pour ses collègues plus expérimentés, puis l'angoisse qui précède son premier vol, notamment dans le vieil omnibus qui le mène au tarmac de l'aéroport. Il dépeint ensuite le réconfort cherché auprès de Guillaumet, qui connait bien la ligne et qui lui donne une leçon de géographie très particulière de l'Espagne, une géographie vue du ciel avec des repères tant pratiques que poétiques.

Il rend à ce dernier un hommage vibrant et magistral, en s'adressant directement à lui. Le récit est centré sur l'épisode du retour miraculeux du pilote, échoué sur la Laguna del Diamante en Argentine, près du volcan Maipu. Guillaumet raconte par bribes au narrateur, assis à son chevet, ce qu'il a enduré dans le froid et la solitude : « Ce que j'ai fait, je te le jure, jamais aucune bête ne l'aurait fait », confie-t-il (p. 40).

L'inquiétude du jeune homme est aussi l'occasion pour lui de se remémorer d'autres craintes, telles que l'attente de nouvelles de la part du camarade Lécrivain, perdu en mission. Saint-Exupéry se rappelle ensuite Mermoz, héros magnifique, aventurier insatiable de la cordillère des Andes. Sa mort tragique est l'occasion pour l'auteur de méditer sur l'amitié indéfectible qui lie les pilotes de l'Aéropostale, et de se rappeler une panne d'avion et la nuit passée dans le désert de la Mauritanie avec ses amis Riguelle et Bourgat.

Il évoque ensuite la dissidence mauresque et la captivité de Serre et de Reine, avant de se rappeler l'épisode lors duquel il s'est retrouvé en plein désert sur une terre vierge, couverte de « poussière d'étoiles ». Cette première expérience du désert en évoque d'autres, dont celle d'une nuit passée dans la solitude et l'immédiateté de l'existence. Il évoque ensuite ses conditions de vie de pilote à Cap Juby au Sahara, son expérience du vide et du silence, et la peur des « rezzous » (razzias), des dissidents.

Il se rappelle également l'ambiance du fort de Port-Étienne en Mauritanie, dirigé par le chef d'aéroport Lucas, le départ du courrier et les signes avant-coureurs de cyclones. Par ailleurs, il explique que les Maures insoumis tuaient les pilotes français par crainte de la civilisation, devenant ainsi l'image du fanatisme barbare, incapables d'accepter le progrès.

On apprend que, alors que Saint-Exupéry et Prévot faisaient route de nuit vers le Nil, leur avion s'est écrasé. Les deux hommes se sont retrouvés totalement perdus dans le désert, sans eau. L'auteur décide de marcher vers l'Est, puis, en proie aux mirages, il rebrousse chemin. Déshydraté, il perd la raison. Les deux hommes tentent de recueillir la rosée sur une toile de parachute, mais l'eau n'est pas potable. Ils quittent alors définitivement l'avion et sont retrouvés, presque morts, par un bédouin (Arabe nomade et chamelier) libyen.

Pour clore la thématique du désert, le narrateur raconte l'histoire du vieux Bark, un berger de Marrakech enlevé par les dissidents, réduit à l'esclavage et condamné à mourir de faim. Les pilotes de l'Aéropostale l'ont racheté et ont organisé son départ pour Agadir où, « homme parmi les hommes », il a dilapidé son pécule en le distribuant aux jeunes mendiants.

Saint-Exupéry médite sur les expériences extrêmes qu'il a vécues et qui lui permettent d'atteindre la sérénité. Pour illustrer son propos, il raconte l'histoire d'un sergent anarchiste espagnol, ancien comptable à Barcelone, qui accomplit son destin en faisant la guérilla à Madrid. L'auteur entame ensuite une réflexion sur les notions d'amour et de vérité qui participent de la quête de sens dans tout engagement humain. Il évoque enfin le souvenir de mineurs polonais, usés par le travail, rentrant au pays natal par le train ; des hommes exploités qui n'ont pas pu accomplir librement leur destin : « C'est un peu, dans chacun de ces hommes, Mozart assassiné. »

ÉTUDE DES PERSONNAGES

Les personnages de *Terre des hommes* ont tous existé, à l'exception peut-être de Bark, l'esclave des Maures dissidents.

L'AUTEUR-NARRATEUR

Antoine de Saint-Exupéry nait à Lyon le 29 juin 1900. Il mène une enfance heureuse et prépare son entrée à l'École navale, mais il échoue à l'examen. Il poursuit alors ses études à l'École des beaux-arts à Paris.

En 1921, pendant son service militaire à Strasbourg qu'il réalise dans l'armée de l'air, il apprend à piloter. En 1926, il entre chez Latécoère, une société d'aviation civile et la future Aéropostale qui assure l'acheminement du courrier de Toulouse à Dakar. Trois ans plus tard, il est nommé chef d'escale de Port Juby dans le Rio de Oro, puis fait paraitre *Courrier sud* en 1930, son premier roman autobiographique. Il part ensuite pour l'Amérique du Sud avec Mermoz et Guillaumet et, en 1931, publie *Vol de nuit* qui lui vaudra le prix Femina. En 1939, il fait paraitre *Terre des hommes*, son deuxième roman autobiographique. Pendant la Seconde Guerre mondiale (1939-1945), il s'engage auprès des forces de libération et publie *Pilote de guerre* (1942), son dernier roman autobiographique, *Lettre à un otage* (1943), un essai qui annonce l'œuvre posthume *Citadelle* (1948), et *Le Petit Prince* (1943).

Il disparait prématurément en mission de reconnaissance, le 31 juillet 1944. Son appareil, probablement abattu par un et retrouve ainsi une place parmi les hommes.

André Prévot

André Prévot est le mécanicien d'Antoine de Saint-Exupéry. Navigateur expérimenté, il est aussi le complice de l'écrivain. « Il est sensible à toutes les variations des bruits du vol », indique l'auteur un brin admiratif. Il se trouve avec lui le jour de l'accident d'avion dans le désert libyen en Égypte. Perdus dans le désert sans réserve d'eau, oscillant entre espoirs et combattivité, ils déambulent dans l'espoir de trouver une oasis ou quelqu'un qui leur viendra en aide. Ils parcourent 60 kilomètres sans boire. Au cours de cette errance, André Prévot se montre exemplaire et suscite le respect de Saint-Exupéry qui dit de lui : « Je ne l'ai pas entendu se plaindre une seule fois. C'est très bien. Il m'eût été insupportable d'entendre geindre. Prévot est un homme. » (édition Folio 2001, p. 145).

Prévot et Saint-Exupéry ont partagé de nombreuses aventures notamment sur le trajet Paris-Saïgon mais aussi sur le circuit promotionnel autour de la Méditerranée en 1935. Parmi leurs exploits remarquables, il ne faut pas oublier la recherche de voies aériennes pour rallier les différentes villes africaines. En 1937, ils parcourent tous deux plus de 9 000 kilomètres pour ouvrir la route des airs entre Casablanca, Tombouctou et Bamako.

Le bédouin libyen

Le bédouin libyen ne fait qu'une courte apparition dans le roman à la fin du chapitre VII. Le lecteur n'entrevoit guère que ses « mains d'archange » (p. 156) qui se posent sur les épaules de Saint-Exupéry et de Prévot, naufragés du désert, pour leur proposer de l'eau. Venu de nulle part, il sauve les deux pilotes sans rien dire et disparait aussitôt. « Tu es l'homme », dit simplement de lui l'auteur (p. 157).

CLÉS DE LECTURE

UN RÉCIT AUTOBIOGRAPHIQUE ATYPIQUE

La composition

Dans un style sobre et percutant, Saint-Exupéry alterne les passages discursifs et les passages narratifs. Son propos est avant tout philosophique, et les épisodes narratifs sont des illustrations des méditations de l'auteur sur la vie, la mort et la condition humaine. Ils font apparaitre, contrairement aux passages discursifs, des tonalités, des systèmes énonciatifs et des temps très variés qui empêchent le lecteur de suivre précisément la chronologie des évènements relatés. Un exemple caractéristique de passage narratif est le poème lyrique consacré au souvenir de Punta Arenas dont la facture est très différente de celle du texte qui l'entoure.

Malgré cette diversité qui donne à chaque chapitre et sous-chapitre une unité propre, l'œuvre est savamment structurée :

- les deux premiers chapitres sont consacrés aux hommes qui ont servi de modèles à Saint-Exupéry ;
- les deux suivants décrivent l'avion et la planète, la « Terre des hommes », désormais visible du ciel, et donc « dominée » ;
- puis vient le cinquième chapitre, « Oasis », qui traite du rapport de l'homme à l'intemporel et à la nature, à travers l'évocation d'une famille argentine qui vit dans une très ancienne demeure au milieu des animaux sauvages ;
- deux chapitres se focalisent ensuite sur le désert, l'hosti-

lité du milieu naturel et l'immense solitude de l'homme naufragé du sable, privé d'eau et de la présence salvatrice de ses congénères ;

- la conclusion, le dernier chapitre, est un retour à la société des hommes et à ses injustices.

Une énonciation variée

Comme dans tout récit autobiographique, la narration interne fait apparaitre le « je » de l'auteur, notamment dans les passages discursifs, un auteur qui revisite ses souvenirs et tire les leçons de ses expériences. Ce « je » est aussi celui du narrateur qui prend en charge le récit, et s'amuse des comportements et des réactions du « je » personnage. Cette confrontation des trois « je » est particulièrement visible dans le premier chapitre, où l'on voit le jeune Saint-Exupéry partagé entre angoisse et fierté à la veille de sa première mission, et le narrateur qui ironise sur cette attitude de débutant, alors que l'auteur, prenant en charge le discours, apostrophe les « vieux bureaucrates » (p. 21).

Le même système énonciatif est employé pour l'hommage à Henri Guillaumet. L'auteur interpelle directement, à la deuxième personne du singulier, son camarade pilote et illustre son discours panégyrique (élogieux) avec des épisodes narratifs, à la deuxième personne, pour relater par bribes le récit que Guillaumet fait de son accident, et à la première personne pour évoquer la confrontation du narrateur avec son ami.

Le jeu des pronoms personnels, entre les différents « je » et entre le « tu », converge vers un « nous » dont l'usage est récurrent dans l'œuvre, à chaque fois qu'il est question de la communauté des pilotes et des hommes.

On observe enfin un jeu avec les temps narratifs, qui subissent des variations. Saint-Exupéry confère ainsi à ses récits autobiographiques une plus grande efficacité et une plus grande authenticité. À des passages narratifs au passé succèdent des passages en narration simultanée, au présent, comme le récit du chapitre VII qui devient plus vivant et plein de suspense. Du fait de la narration simultanée, le lecteur ne sait plus si les rencontres faites par le narrateur perdu dans le désert sont des mirages, des hallucinations ou des réalités.

Dans le même souci d'efficacité, Saint-Exupéry préfère utiliser le discours rapporté au style direct en phrases courtes et sobres, pour faire parler ses personnages. Les propos de Guillaumet sont ainsi particulièrement émouvants et sonnent comme des vérités premières sur l'homme : « Ce que j'ai fait, je te le jure, jamais aucune bête ne l'aurait fait. » (p. 40)

Le découpage très précis des chapitres, la juxtaposition d'épisodes différents et très courts, ainsi que les jeux avec les temps narratifs confèrent à l'œuvre un tempo remarquable.

Un style à la frontière de la prose poétique

En ce qui concerne le style à proprement parler, le texte compte de nombreuses images notamment sur le thème du ciel, qui donnent parfois à certains passages un aspect de prose poétique. Les éléments de la nature sont souvent personnifiés : « Le vent d'est monte [...]. C'est à peine si m'atteint son faible soupir » (édition Folio 2001, p. 84) ; « Voici la lune qui penche vers les sables, ramenée au néant, par Sa Sagesse » (*ibid.*, p. 89), ou encore « la lune est morte » (*ibid.*, p. 114).

Par les termes employés, on sent bien toute la tendresse de Saint-Exupéry pour son avion, outils de travail et fidèle compagnon, qu'il personnifie aussi : « L'avion sans culbuter, a fait son chemin sur le ventre avec une colère et des mouvements de queue de reptile. » (*ibid.*, p. 122)

De nombreuses autres figures de style sont présentes dans ce texte. On trouve par exemple une anaphore dans la répétition de « Que sont devenues » (*ibid.*, p. 73) et de « on croit que » (*ibid.*, p. 74), ou bien une accumulation dans « ces arbres, ces fleurs, ces femmes, ces sourires » (*ibid.*, p. 36). On retrouve également quelques hyperboles comme « Cette nuit de vol et ses cent mille étoiles » (*ibid.*). Les références à la nature, les comparaisons et les métaphores qui s'y rapportent ne manquent pas et sont nombreuses : « On lui donne son cœur qui est un jardin sauvage » (*ibid.*, p. 74). Ce récit est également émaillé d'un bestiaire important : il y a des grenouilles (*ibid.*, p. 64), des chiens, des oiseaux (*ibid.*, p. 71), des vipères (*ibid.*, p. 73), etc.

Le vocabulaire céleste et celui des conditions météorologiques donnent au lecteur l'impression de survoler le texte comme s'il se trouvait à bord de l'avion de Saint-Exupéry et qu'il regardait les paysages d'en haut. Cela contribue à donner au texte une atmosphère légère et évanescente qui renforce encore le style poétique. L'auteur mêle habilement des considérations sur la vie et des réflexions philosophiques à son récit : « Mais un jour vient où la femme s'éveille dans la jeune fille [...] Alors un imbécile se présente. » (*ibid.*, p. 73-74). Enfin tout le texte est raconté tantôt au passé (imparfait et passé composé) tantôt au présent.

UN UNIVERS PARTICULIER QUI PRÉFIGURE *LE PETIT PRINCE*

Terre des hommes rappelle l'univers de *Vol de nuit* à plus d'un titre : on y retrouve la même solidarité entre les pilotes, les mêmes sensations de solitude et de puissance pendant les vols nocturnes et le même sentiment d'étrangeté au retour sur la terre ferme. Le personnage de Rivière dans *Vol de nuit* a toutes les caractéristiques de Guillaumet, et le héros du roman celles de Mermoz.

Plus encore, *Terre des hommes* semble préfigurer *Le Petit Prince* :

- dans ce dernier, l'action se situe dans le même paysage désertique, « à mille miles de toute terre habitée », et met en scène un pilote et un jeune garçon qui vient d'une autre planète. Le désert est, dans les deux romans, un décor propice aux rencontres véritables et nécessaires ;
- les personnages des deux œuvres se ressemblent. Le businessman du *Petit Prince* fait penser aux vieux bureaucrates que Saint-Exupéry interpelle au début de *Terre des hommes* et à travers lesquels l'écrivain critique l'aliénation de l'homme moderne. Le géomètre du conte évoque, quant à lui, Guillaumet enseignant sa géographie

de l'Espagne au jeune pilote ;

- des éléments identiques sont présents dans les deux œuvres : l'eau salvatrice et le puits, ainsi que la poussière d'étoiles et les références aux astres en général. On trouve également dans *Terre des hommes* des réverbères qui renvoient à la planète de l'allumeur de réverbères dans *Le Petit Prince*, celui qui éclaire les planètes qui peuvent ainsi guider les pilotes des vols de nuit ;

- le même bestiaire peuple les deux textes : dans *Le Petit Prince*, il s'agit d'un mouton, un renard et un serpent mortel ; dans *Terre des hommes*, ce sont les moutons d'Espagne de Guillaumet, le fennec et les vipères. Le fennec que Saint-Exupéry rencontre au chapitre VII annonce le renard du *Petit Prince*, qui demande à être apprivoisé et qui est l'occasion pour l'auteur d'écrire une des plus belles pages de la littérature sur l'amitié et l'amour, comparables à celles dédiées à Mermoz et Guillaumet dans *Terre des hommes* ;

- le petit prince veille sur sa planète et il est un bon jardinier ; il incarne le modèle humain que Saint-Exupéry appelle de tous ses vœux dans son discours et qui cultive son jardin au lieu de détruire et de se laisser convaincre par des idéologies mensongères ;

- en outre, la rêverie est présente dans les deux œuvres. Celle-ci peut être identifiée à travers l'emploi récurrent de termes évoquant les cieux, les astres, l'éternité. Mais aussi une atmosphère de flottement et d'apesanteur qui propulse le lecteur dans une autre dimension et confère à ce texte un double degré de lecture ;

- des idées communes émergent encore du *Petit Prince* et de *Terre des hommes* en particulier celle que l'homme est perpétuellement seul dans un monde où règne désormais l'individualisme.

UNE MULTITUDE DE THÈMES

Dans *Terre des hommes*, Saint-Exupéry aborde de très nombreux thèmes. Certains ont une portée philosophique d'autres sont plus triviaux mais font la part belle aux prouesses stylistiques chères à l'auteur.

Ainsi à travers l'aviation, c'est d'abord la question du progrès technologique qui est présentée dans cet ouvrage à travers des considérations historiques. Saint-Exupéry déclare, par exemple, que « les moteurs à cette époque-là n'offraient point la sécurité qu'offrent les moteurs d'aujourd'hui. Souvent, ils nous lâchaient d'un coup, sans prévenir, dans un grand tintamarre de vaisselle brisée » (*ibid.*, p. 13). L'amour de son métier y aussi bien décrit lorsqu'il déclare : « Cette nuit de vol et ses cent mille étoiles, cette sérénité, cette souveraineté de quelques heures, l'argent ne les achète pas » (*ibid.*, p. 36).

Le thème du voyage est bien sûr celui qui apparait d'entrée de jeu. L'auteur énumère toutes les destinations découvertes au cours de sa pratique de pilote. Ainsi, au fil des pages, à travers les pérégrinations de Saint-Exupéry et de ses compagnons, on franchit les frontières de l'Espagne, on repousse les limites du Sahara, de l'Égypte et du Chili. L'auteur nous livre souvent de belles descriptions proches de la prose poétique.

La mort est également présente d'un bout à l'autre du récit.

Il évoque en effet dans son livre les accidents d'avion le danger omniprésent pour le pilote : « Aussitôt pris je lâchai les commandes, me cramponnant au siège pour ne point me laisser projeter au-dehors. Les secousses étaient si dures que les courroies me blessaient aux épaules et eussent sauté. » (*ibid.*, p. 41) La peur et le manque d'eau en plein désert font appréhender à Prévot et à Saint-Exupéry l'éventualité de leur mort imminente. Prévot envisage même le suicide.

L'humanisme fait encore partie des grands thèmes abordés dans cette œuvre. La solidarité et l'amitié entre pilotes de ligne y est exaltée à travers la fraternité : « On n'achète pas l'amitié d'un Mermoz d'un compagnon que les épreuves vécues ensemble ont lié à nous pour toujours », dit-il (*ibid.*, p. 35). Saint-Exupéry confie aux lecteurs son bonheur de se sentir soutenu et entouré par ses camarades : « On chemine longtemps côte à côte, enfermé dans son propre silence, ou bien l'on échange des mots qui ne transportent rien. Mais voici l'heure du danger. Alors on s'épaule l'un à l'autre. On découvre que l'on appartient à la même communauté » (*ibid.*, p. 37), une phrase qui en dit long sur ses valeurs et son gout pour les amitiés franches et viriles. Pour lui, c'est le danger que courent chaque jour les pilotes qui les unit et leur donne la force de se surpasser. Son amitié est fidèle : « Rien, jamais [...] ne remplacera le compagnon perdu. On ne se crée point de vieux camarades. Rien ne vaut le trésor de tant de souvenirs communs, de tant de mauvaises heures vécues ensemble, [...], de mouvements du cœur. On ne reconstruit pas ces amitiés-là. » (*ibid.*, p. 35)

L'héroïsme y est également encensé par le biais de diverses

aventures rapportées par les héros de la société Latécoère qui sont souvent l'occasion de mettre en avant leur endurance, leur débrouillardise et leur capacité à prendre les bonnes décisions, en particulier la survie de Guillaumet après son crash dans les Andes, mais aussi celle de Saint-Exupéry et Prévot rescapés miraculeusement de l'accident d'avion dans le Sahara et qui cherchent à survivre sans se laisser gagner pour autant par la peur de mourir.

Enfin, l'apprentissage et la quête initiatique s'inscrivent également parmi les questions soulevées par l'auteur. Le récit démarre par son entrée à Latécoère en 1926 alors qu'il est jeune et donc inexpérimenté. « Là j'apprenais le métier. À mon tour, comme les camarades, je subissais le noviciat que les jeunes y subissaient avant d'avoir l'honneur de piloter la poste [...]. Nous vivions [...] dans le respect des anciens. » (*ibid.*, p. 11)

UNE RÉFLEXION PHILOSOPHIQUE

Tout au long de son œuvre, Saint-Exupéry tente de définir l'homme et ses paradoxes. Pour reprendre les termes de Blaise Pascal (mathématicien, physicien et philosophe français, 1623-1662), auquel l'auteur se réfère, l'homme est un être de « grandeur et de misère ». Il est grand dans son acharnement à découvrir et à progresser pour améliorer sa condition, et misérable dans sa fragilité qui le fait dépendre si étroitement de son environnement : « On croit que l'homme est libre... on ne voit pas la corde qui le rattache au puits, qui le rattache, comme un cordon ombilical, au ventre de la Terre. » (p. 149)

Pour conserver sa grandeur, l'homme doit « naitre vraiment », c'est-à-dire accomplir son destin et donner un sens à son existence. Saint-Exupéry « n'aime pas qu'on abime les hommes » (p. 150), qu'on leur impose une vie monotone de consommateurs, de banlieusards ou d'esclaves expatriés (les ouvriers polonais que l'on retrouve à la fin du livre), qu'ils n'ont pas choisie. Il s'oppose violemment à la société industrielle de consommation à laquelle il préfère l'existence paysanne dans laquelle la vie, la mort, la transmission d'un patrimoine et d'une culture ont un sens : « Quiconque lutte dans l'unique espoir de biens matériels, en effet, ne récolte rien qui vaille de vivre. » (p. 49)

Pour répondre à ses ambitions immenses et remédier à sa faiblesse naturelle, l'homme doit pouvoir compter sur une solidarité universelle, comparable à celle que Saint-Exupéry a connue dans l'Aéropostale. Toute son action doit tendre vers cette responsabilité collective au service du progrès et de la civilisation : « La grandeur d'un métier est peut-être avant tout, d'unir des hommes : il n'est qu'un luxe véritable, et c'est celui des relations humaines » (p. 35) ; « Être homme, c'est précisément être responsable. » (p. 47) Pour l'auteur, l'union fait la force, et les hommes, en se côtoyant au quotidien, en partageant les mêmes épreuves, tendent vers un objectif commun, celui d'agir ensemble afin que de leurs actions sorte quelque chose de plus grand, de plus haut, un idéal.

Ainsi, l'auteur déteste tous les fanatismes, notamment les fanatismes politique et religieux des Maures dissidents qui refusent le progrès en marche et tuent les pilotes. « Dieu les trompe » (p. 86), dit Saint-Exupéry, car ils sacrifient leur vie pour un paradis que le progrès pourrait leur apporter s'ils avaient connaissance du monde. Leur ignorance les perd.

Saint-Exupéry aime enfin la machine, l'avion en l'occurrence, qui permet le progrès et la connaissance : « Mais la machine n'est pas un but. L'avion n'est pas un but : c'est un outil. » (p. 49) ; « La machine elle-même, plus elle se perfectionne, plus elle s'efface derrière son rôle. » (p. 51) Cet « outil » leur permet toutefois de découvrir d'autres facettes de la terre : « Nous voilà donc changés en physiciens, en biologistes, examinant ces civilisations qui ornent des fonds de vallée [...] Nous voilà donc jugeant l'homme à l'échelle cosmique, l'observant à travers nos hublots, comme à travers des instruments d'étude. » (p. 55)

UN AUTEUR MONDIALEMENT CONNU

Terre des hommes et tous les autres ouvrages d'Antoine de Saint-Exupéry sont mondialement connus. L'aviateur est passé à la postérité et continue de charmer des millions de lecteurs, notamment avec *Le Petit Prince*, qui est un des livres les plus lus dans le monde. La notoriété de son auteur est si grande qu'un billet de banque à son effigie circulait entre 1996 et 2002 et que l'aéroport de Lyon, sa ville natale, porte son nom.

Son talent d'écrivain, ses prouesses d'aviateur et ses aventures célestes auront fait de lui un héros national dont le souvenir n'est pas près de s'effacer.

PISTES DE RÉFLEXION

QUELQUES QUESTIONS POUR APPROFONDIR SA RÉFLEXION...

- Étudiez les différentes représentations du désert dans l'œuvre, depuis les « poussières d'étoiles » aperçues lors d'une première expérience du Sahara au chapitre IV aux « mirages » du chapitre VII.
- Comment Saint-Exupéry définit-il l'amitié et la solidarité qui lient les pilotes de l'Aéropostale ? En quoi ces valeurs sont-elles essentielles et fondatrices de sa philosophie humaniste ?
- Comment se manifeste dans le roman l'aversion de l'auteur pour la barbarie et le fanatisme religieux ?
- Comment Saint-Exupéry explique-t-il l'aliénation de l'homme moderne et quelles solutions envisage-t-il pour l'amélioration de la condition humaine ?
- En vous appuyant sur les chapitres II et IV consacrés à l'avion, définissez la foi de l'auteur en le progrès et la connaissance.
- En vous appuyant sur les différents épisodes relatés par l'auteur, reconstituez l'histoire de l'Aéropostale.
- À travers les personnages de Bark et du petit Polonais, aperçu dans le train au dernier chapitre, commentez les notions de destinée et de vocation chez Saint-Exupéry.
- À quoi ressemble un héros pour l'auteur ?
- Étudiez les images et les différentes figures de style et montrez en quoi elles donnent un ton particulier à l'ouvrage.
- En vous plongeant dans les autres œuvres de l'auteur,

remarquez-vous des similitudes ? Lesquelles ?

- 24 -

POUR ALLER PLUS LOIN

ÉDITIONS DE RÉFÉRENCE

* Saint-Exupéry A. de, *Terre des hommes*, Paris, Gallimard, coll. « Folio », 1972.
* Saint-Exupéry A. de, *Terre des hommes*, Paris, Gallimard, coll. « Folio », 2001.

ÉTUDES DE RÉFÉRENCE

* Estang L., *Saint-Exupéry*, Paris, Seuil, coll. « Points », 1989.
* Saint-Exupéry A. de, *Le Petit Prince*, Paris, Gallimard, coll. « Folio », 1999.
* Vircondelet A., *Saint-Exupéry. Vérité et légendes*, Paris, Éditions du Chêne, 2000.

SUR LEPETITLITTÉRAIRE.FR

* Fiche de lecture sur *Le Petit Prince* d'Antoine de Saint-Exupéry.
* Fiche de lecture sur *Vol de nuit* d'Antoine de Saint-Exupéry.
* Questionnaire de lecture sur *Le Petit Prince*.

Retrouvez notre offre complète sur lePetitLittéraire.fr

- des fiches de lectures
- des commentaires littéraires
- des questionnaires de lecture
- des résumés

ANOUILH
- Antigone

AUSTEN
- Orgueil et Préjugés

BALZAC
- Eugénie Grandet
- Le Père Goriot
- Illusions perdues

BARJAVEL
- La Nuit des temps

BEAUMARCHAIS
- Le Mariage de Figaro

BECKETT
- En attendant Godot

BRETON
- Nadja

CAMUS
- La Peste
- Les Justes
- L'Étranger

CARRÈRE
- Limonov

CÉLINE
- Voyage au bout de la nuit

CERVANTÈS
- Don Quichotte de la Manche

CHATEAUBRIAND
- Mémoires d'outre-tombe

CHODERLOS DE LACLOS
- Les Liaisons dangereuses

CHRÉTIEN DE TROYES
- Yvain ou le Chevalier au lion

CHRISTIE
- Dix Petits Nègres

CLAUDEL
- La Petite Fille de Monsieur Linh
- Le Rapport de Brodeck

COELHO
- L'Alchimiste

CONAN DOYLE
- Le Chien des Baskerville

DAI SIJIE
- Balzac et la Petite Tailleuse chinoise

DE GAULLE
- Mémoires de guerre III. Le Salut. 1944-1946

DE VIGAN
- No et moi

DICKER
- La Vérité sur l'affaire Harry Quebert

DIDEROT
- Supplément au Voyage de Bougainville

DUMAS
- Les Trois
  Mousquetaires

ÉNARD
- Parlez-leur
  de batailles,
  de rois et
  d'éléphants

FERRARI
- Le Sermon sur la
  chute de Rome

FLAUBERT
- Madame Bovary

FRANK
- Journal
  d'Anne Frank

FRED VARGAS
- Pars vite et
  reviens tard

GARY
- La Vie devant soi

GAUDÉ
- La Mort du
  roi Tsongor
- Le Soleil des
  Scorta

GAUTIER
- La Morte
  amoureuse
- Le Capitaine
  Fracasse

GAVALDA
- 35 kilos d'espoir

GIDE
- Les
  Faux-Monnayeurs

GIONO
- Le Grand
  Troupeau
- Le Hussard
  sur le toit

GIRAUDOUX
- La guerre de
  Troie
  n'aura pas lieu

GOLDING
- Sa Majesté des
  Mouches

GRIMBERT
- Un secret

HEMINGWAY
- Le Vieil Homme
  et la Mer

HESSEL
- Indignez-vous !

HOMÈRE
- L'Odyssée

HUGO
- Le Dernier Jour
  d'un condamné
- Les Misérables
- Notre-Dame
  de Paris

HUXLEY
- Le Meilleur
  des mondes

IONESCO
- Rhinocéros
- La Cantatrice
  chauve

JARY
- Ubu roi

JENNI
- L'Art français
  de la guerre

JOFFO
- Un sac de billes

KAFKA
- La Métamorphose

KEROUAC
- Sur la route

KESSEL
- Le Lion

LARSSON
- Millenium I. Les
  hommes qui
  n'aimaient pas
  les femmes

LE CLÉZIO
- Mondo

LEVI
- Si c'est un
  homme

LEVY
- Et si c'était vrai…

MAALOUF
- Léon l'Africain

MALRAUX
- La Condition humaine

MARIVAUX
- La Double Inconstance
- Le Jeu de l'amour et du hasard

MARTINEZ
- Du domaine des murmures

MAUPASSANT
- Boule de suif
- Le Horla
- Une vie

MAURIAC
- Le Nœud de vipères

MAURIAC
- Le Sagouin

MÉRIMÉE
- Tamango
- Colomba

MERLE
- La mort est mon métier

MOLIÈRE
- Le Misanthrope
- L'Avare
- Le Bourgeois gentilhomme

MONTAIGNE
- Essais

MORPURGO
- Le Roi Arthur

MUSSET
- Lorenzaccio

MUSSO
- Que serais-je sans toi ?

NOTHOMB
- Stupeur et Tremblements

ORWELL
- La Ferme des animaux
- 1984

PAGNOL
- La Gloire de mon père

PANCOL
- Les Yeux jaunes des crocodiles

PASCAL
- Pensées

PENNAC
- Au bonheur des ogres

POE
- La Chute de la maison Usher

PROUST
- Du côté de chez Swann

QUENEAU
- Zazie dans le métro

QUIGNARD
- Tous les matins du monde

RABELAIS
- Gargantua

RACINE
- Andromaque
- Britannicus
- Phèdre

ROUSSEAU
- Confessions

ROSTAND
- Cyrano de Bergerac

ROWLING
- Harry Potter à l'école des sorciers

SAINT-EXUPÉRY
- Le Petit Prince
- Vol de nuit

SARTRE
- Huis clos
- La Nausée
- Les Mouches

SCHLINK
- Le Liseur

SCHMITT
- La Part de l'autre
- Oscar et la Dame rose

SEPULVEDA
- Le Vieux qui lisait des romans d'amour

SHAKESPEARE
- Roméo et Juliette

SIMENON
- Le Chien jaune

STEEMAN
- L'Assassin habite au 21

STEINBECK
- Des souris et des hommes

STENDHAL
- Le Rouge et le Noir

STEVENSON
- L'Île au trésor

SÜSKIND
- Le Parfum

TOLSTOÏ
- Anna Karénine

TOURNIER
- Vendredi ou la Vie sauvage

TOUSSAINT
- Fuir

UHLMAN
- L'Ami retrouvé

VERNE
- Le Tour du monde en 80 jours
- Vingt mille lieues sous les mers
- Voyage au centre de la terre

VIAN
- L'Écume des jours

VOLTAIRE
- Candide

WELLS
- La Guerre des mondes

YOURCENAR
- Mémoires d'Hadrien

ZOLA
- Au bonheur des dames
- L'Assommoir
- Germinal

ZWEIG
- Le Joueur d'échecs

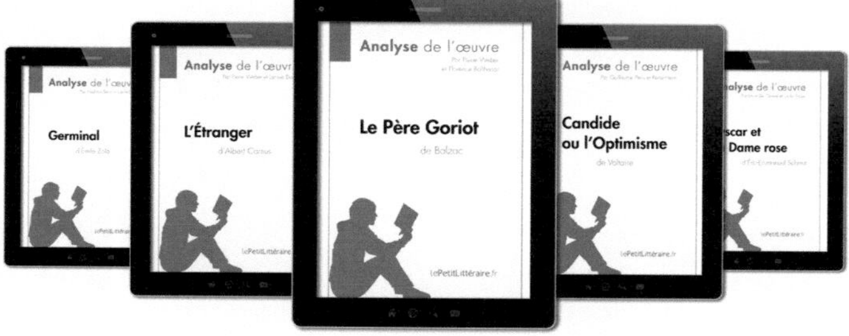

www.lepetitlitteraire.fr

ISBN version numérique : 978-2-8062-5334-7
ISBN version papier : 978-2-8062-5341-5
Dépôt légal : D/2013/12603/113

Avec la collaboration de Sandra Gardent pour l'encadré « Un narrateur à l'image de l'auteur », l'analyse d'André Prévot ainsi que les chapitres « Une multitude de thèmes » et « Un auteur mondialement connu ».

Conception numérique : Primento,
le partenaire numérique des éditeurs.

Ce titre a été réalisé avec le soutien de la Fédération Wallonie-Bruxelles, Service général des Lettres et du Livre.